산이 부른다

산이 부른다 1

준 비 해 볼 까

글 진우석 **그림** 이진아

머리말

산은 즐기는 게 고수다

나는 집을 구할 때 산 아래 동네를 찾는다. 교통은 좀 불편하지만, 공기 좋고 집값도 싸기 때문이다. 지금은 서울 정릉 산동네에 산다. 덕분에 북한산을 산책 코스로 이용한다. 앞으로도 산 주변에 머물고 싶다. 산의 즐거움을 일상생활에서 느끼고 싶어서다.

우리나라의 산은 도심과 시골을 가리지 않고 솟았다. 수도 서울만 해도 외사산, 즉 북한산·관악산·용마산·덕양산으로 둘러싸여 있고, 북악산·낙산·인왕산·남산의 내사산은 한양도성을 이루고 있다. 큰 산은 외성이고, 작은 산은 도성인 셈이다. 그래서 산 없는 서울은 상상할 수 없다. 또한 우리나라의 산은 친근하다. 얼마 높지 않아 밭이 되기도 하고, 집터가 되기도 한다. 대대로 우리 민족은 산에 기대 살았다고 해도 과언이 아니다.

이 책은 만화로 꾸민 등산 입문서다. 술술 책장을 넘기다보면 저절로 등산 기술과 상식 그리고 산행 코스를 알 수 있도록 꾸몄다. 만화 속의 주인공을 독자 자신이라고 생각하면 더 재밌고 유익할 것이다. 또한 이

책은 최근 유행하는 트레킹과 트레일 등을 포괄해 시류에 뒤처지지 않도록 노력했다. 자신의 스타일에 맞춰 트레킹, 트레일링, 백패킹 등을 추천한 것이 그것이다.

1권 '준비해볼까'에서는 '등산 초보'가 가장 먼저 해봐야 할 일부터 얘기한다. 그러고 나서 등산화, 등산복, 배낭 등 꼭 필요한 용품들을 자세히 소개하고, 실제로 산에 갈 때 배낭을 어떻게 싸야 하는지, 어떻게 걸어야 하는지, 어떤 것을 주의해야 하는지를 꼼꼼하게 살펴본다.

등산의 경험과 기술은 고수와 하수를 구분할 수 있다. 하지만 산을 즐기는 데는 고수와 하수의 구분은 무의미하다. 산에서 행복한 사람은 누구나 고수의 자격이 있다. 산은 우리 모두에게 축복이다.

글작가 진우석

차례

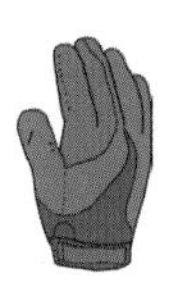

프롤로그

산…? 산에 가자고?

좋아…
아주 좋아
부시시
띠리링~
띠리링~

여보세요.
나다!
아~ 선배구나.

너 이번 주말에 뭐해?
이번 주말? 글쎄… 뭐 딱히 없어.

이번 주말에 산에 갈래?

산?
누가?
나랑…?
등산?
별로 안 땡기는 데…

나 등산 안 해봤는데…?

그러니까 일단 가보자.
얼마나 좋은데.
한번 가면 반할걸?

나 장비도 없어!

당장 높은 산에 가는 게
아니니까 차차 준비하면 돼.

앰뷸런스
불러라…
헉헉
체력이 저질이라
계단만 올라도
다리가 후들거리고
숨이 차는데… 산?
죽어. 난 죽어!
안 힘들까?
굳이 정상까지
안 가도 돼. 본인 페이스에
맞추면 그만이야.

실장님 제가 오늘 몸이
안 좋아서… 쉬는 걸로…
근육이
놀랐군.
삭신이야~
갔다 오면 너무
피곤해서 월요일
출근에 지장 있을까봐.
몸은 쓸수록 더
힘이 나는 법!
불끈!

아악~
데굴~
산속에서 만나지 말아야 할 생명체와의 위험한 조우라든가…
추락사고 라든가
먹을 거 있으면 좀 내놔 볼래?
남한에 이런 곰 없음
집에 가고 싶어…
길치라 조난될 지도 몰라…
우리나라 산은 나라에서 관리를 한다구. 길도 잘 나 있고 이정표도 잘돼 있어. 그리고 내 등산경력이 얼만데…
위험하지 않나?
겁은 많아 가지고…

어~ 나 여기 있어!
어여 올라와~
와글
와글
우글 우글
내가 김밥 좀
싸왔는데…
아이고
부지런도 하다
사람들 피해서 산으로
온 건데 줄서서
등산이라니…
으~
시끄러
난 좀 조용히 쉬고 싶은데,
아줌마 아저씨 산악회
시끄럽다며…
한적하니
좋은데!
와글
와글
초입에서나 그렇지.
좀만 더 올라가면 조용해져.
새소리, 물소리, 바람소리가 들리지.

아! 지금 생각났는데.
그날 약속이 있었네!
나 지금 바쁘니깐 나중에…
미안~
무리다!
무리!

으이구, 너 그렇게
일주일 내내 책상앞에
앉아만 있고
주말에도 안 움직이면…
죽어!

음…

한 달에 한 번 이상 산에 가는 인구가 약 1500만 명.
매주 가는 인구는 548만 명이라는데,
대체 사람들은 왜 그렇게 산에 가는 걸까?

산에 왜 가는 겁니까?
"산이 있으니까"
국토의 65%가 산지인 대한민국. 웬만한 동네에 뒷산 하나씩은 있고, 대도시 안이나 근처에도 국립공원급 산이 있지. 서울의 북한산과 도봉산, 부산의 금정산, 대구의 팔공산, 광주의 무등산……
이런 명산이 우리나라처럼 대도시에 버티고 있는 예는 세계적으로도 드물다.
대암산
설악산
소요산
오봉산
감악산
가리산
오대산
북한산
팔봉산
계방산
두타산
성인봉
마니산
유명산
백덕산
관악산
치악산
백운산
금수산
태백산
월악산
소백산
덕숭산
청량산
황정산
계룡산
속리산
주왕산
칠갑산
금오산
내연산
대둔산
덕유산
팔공산
모악산
가야산
마이산
가지산
선운산
내장산
황석산
지리산
무학산
금정산
무등산
백운산
연화산
월출산
조계산
금산
미륵산
팔영산
두륜산
천관산
한라산

반면 우리나라의 산은 사계절 사람의 발길을 거부하지 않고
가까운 곳에서 넉넉하게 받아준다.
아마도 우리나라 사람들이 산을 찾는 까닭은
정말로 "산이 거기 있기 때문"일 것이다.

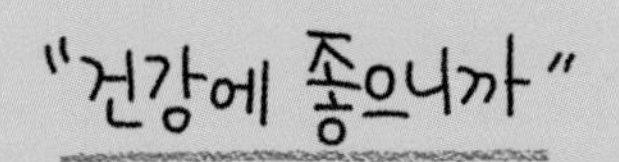

규칙적인 산행을 하는 사람은 누구나
예외 없이 건강해진다. 등산이 걷기를 기본으로 하기 때문.
일주일에 3~5회씩 30~50분 꾸준히 걸으면
심장마비, 유방암과 대장암, 우울증, 고혈압,
노화예방에 탁월한 효과가 있지.

특히 사무실에 오래 앉아 있는
사람일수록 굳은 관절을 풀어주는 데
걷기만 한 것이 없다.
머리가 무겁다
만성적인 어깨 결림
끙~
내가 무슨 부귀영화를 누리겠다고 이러고 있냐…
출렁이는 복부
디스크로 인한 요통
굳은 무릎
게다가 뇌를 활성화시켜
창의력을 높이고 집중력을 키워줘
업무 효율도 함께
향상된다니…
헤~

"그냥 하면 되니까"

비싼 장비 구입이나 강습료가 만만치 않아
시작 못 하는 운동과 레저와는 달리
등산은 당장 누구나 시작할 수 있다.

음…

가볍고 짐도 많이 들어가!
등산용 배낭
편해서 평소에도 신고 다닐 수 있다!
등산화

약간의 지식과 정보만 챙기면 돼. 게다가 기본적인 등산 장비들은 일상생활에서 활용할 수도 있지.
나의 외출복은 거의가 등산복!!
겨울에 이만한게 없어요.
등산용 재킷

등산이 누구나 부담 없이 할 수 있고
일상을 건강하게 유지할 수 있게 해주는 활동인 건 맞지만,
무엇보다 산의 가장 큰 매력은 도시와 온전히 다른 세계라는 것.
산에 가면 새로운 세계가 열린다.

삭막한 도시의 풍경과 달리
꽃과 나무, 흙과 바위, 새와
벌레의 향연은 기본!
산은 우리가 쉽게 다다를 수 있는
정말 다른 세상이라고.
하~
음~

두발로 산을 오르면서 느끼는 짜릿한 성취감.
시간도 여정도 나 혼자 선택하고 결정하는 자유로움!
이 과정에서 정신적으로나 육체적으로나
지금까지 몰랐던 자신을 발견한다.
헤~

산 정상에서 보는 작아진 세상, 내가 사는 도시의 일상.
그 순간 머릿속이 말끔히 비워지면서 찾아오는 여유와 평화로움.
지금, 산이 우리를 부른다!

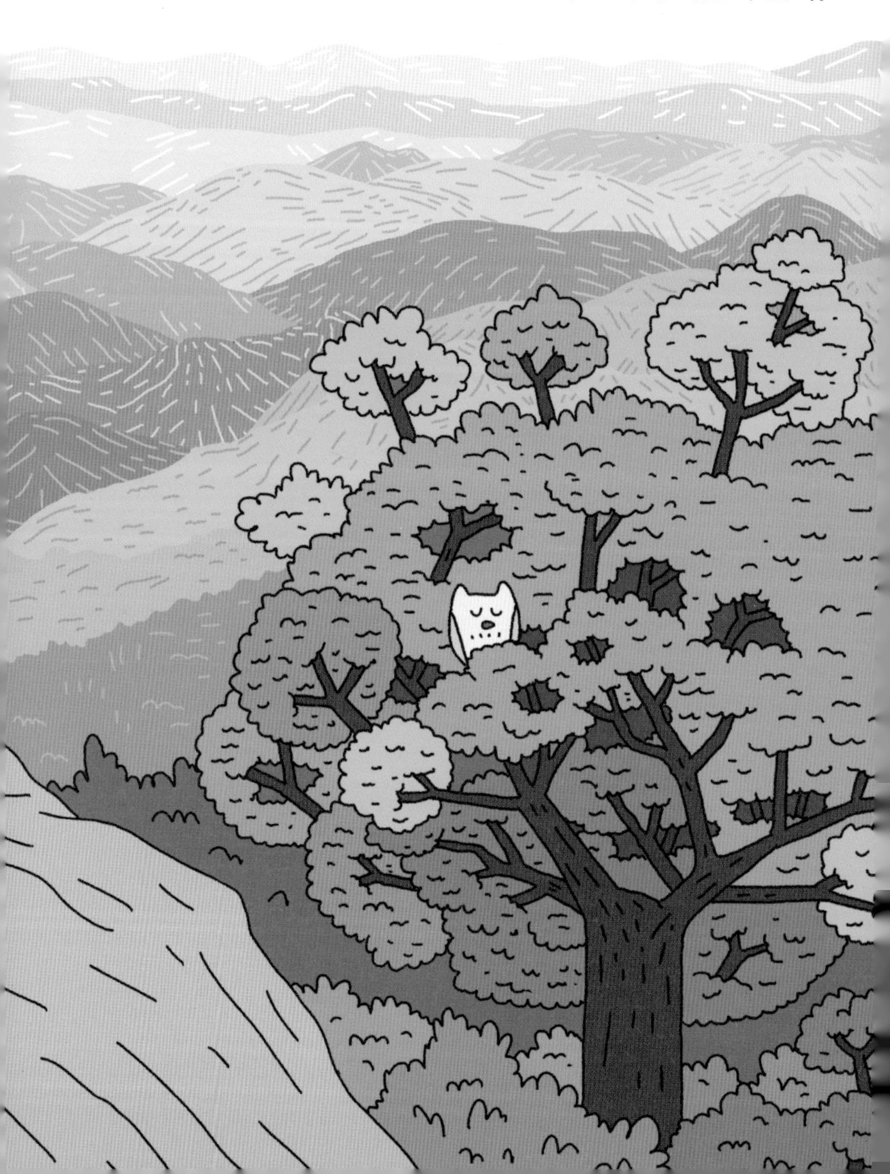

멍~

아니지 아니야!
먹고살기에도 정신없는데 산은 무슨!
지금 그럴 때가 아니지…
일해야 돼!

잘 시간도
부족하다. 뭐!!
휴일에 푹 쉬어두지
않으면……
보고!
회의!
결산!
늘 있는
야근!
젠장!
헉
헉
노동 후 피로와
스트레스는
술로 푼다!
우걱
우걱
크~
이 맛에
살지.
딸꾹!
어흐~
죽겠다.
헤롱~
헤롱~
귀가 하면 →
이 모양
풀리겠냐!

아이고 머리야~
욱씬
부시시
속 쓰려~
에구 에구
여러모로 죄송합니다.
흥!

그냥 더 자자!
하~아
나도 좀 다르게 살고 싶다.

음~
힐끔
건강하게…

여보세요?
어! 선배 나야!
응… 왜?
심드렁~

주말에 말야. 혹시 산에 갈 건가 해서
응! 갈 건데. 왜?

아니…그냥 공교롭게 약속이 취소돼서… 아하하~
그래서…?

아니…뭐…그냥…
나도 갈까 해서…

첨부터
그럴 것이지…
좋아! 나만 믿고 따라와!
싹싹
잘 부탁 드립니다.
우흥~

1부

이것부터 먼저

언제 어디로 갈까

몸을 풀기 위해서면 집 근처 작은 산 어디든 상관없다.
본격적인 등산을 준비하려면 그래도 왕복 두 시간 정도 걸리는
산을 골라보자. 그래야 나한테 뭐가 필요한지 알 수 있으니까.

서울에 산다면 도봉산이나 북한산 등
험한 산은 제외하고
남산, 인왕산, 북악산, 낙산 같은 내사산
(시내 사대문 안의 산 네 곳이란 뜻)
또는 아차산, 청계산 등등 산은 많다.

되도록 덥지도 춥지도 않은 날에 가자.
아직 산에 대해 잘 알지 못하는데
날씨에 대처해야 할 상황은 피해야 한다.
12
9
3
6
더워!
한여름이라면 한낮을 피해
조금 이르게 시작하는 것이 좋고,
12
9
3
6
겨울이라면 해가 지는 시간을
고려해 오후 4시까지는
등산을 마치는 것이 좋다.
추워~
죽겠어!
오들
오들~
등산을 즐기는 사람들도
안전을 위해 혹서기와 혹한기는
피하는 편이지.

나에게 맞는 산 활용법

등산의 사전적 의미는
"운동, 놀이, 탐험을 목적으로 산에 오르는 것"
일반적으로 등산이라면 무조건 정상을
'정복' 하는 것을 떠올리는데,
산은 나에게 맞게 즐기면 되는 곳이다.

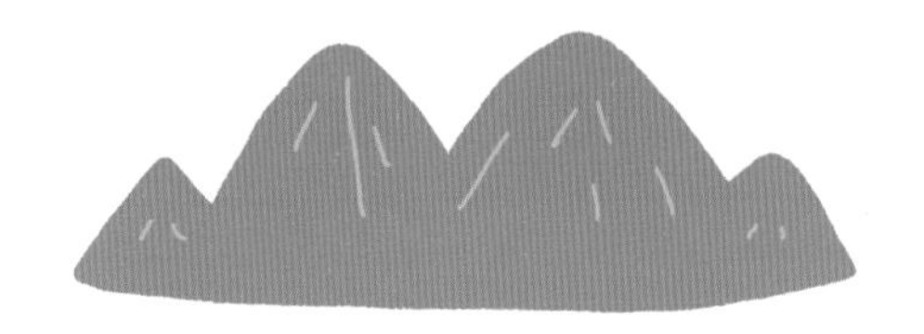

이런 경우는 일반적인 '산행'을 추천!
낮고 편한 산부터 높고 험한 산까지,
한나절 등반부터 2박3일 종주까지
난이도를 높이며 한국의 산을
두루두루 다니면 된다.

이런 경우는 '트레킹'을 추천!
꽃, 폭포, 문화, 유적, 계곡 같은
테마를 잡아 코스를 정해 가는 것.
굳이 정상에 오르지 않고도
산을 즐길 수 있다.
예를 들면, 경주 남산의 불상 트레킹.

이런 경우는 '트레일링'을!
걷기를 목적으로 만들어진 길이나
정해진 길을 걷는 것.
제주 올레길이나 북한산 둘레길이
대표적인 트레일링.

이럴때는 '백패킹'을!
1박 이상의 야영생활에 필요한 장비를 가방에 지고 다니는 것.
등짐을 지고 다녀야 하므로 기초체력이 있어야 한다.

이런 때는 '리지'를!

바위능선을 오르는 것으로
수직벽을 오르는
암벽등반보다는 쉽다.
북한산이나 관악산처럼
바위산에서 즐기는 데
전문 장비가 필요하고
일정 교육도 받아야 한다.

일단 한번 가보자

미리 몸을 만들어야 할까?
너처럼 평소에 운동 안 했던 사람이 갑자기 산에 오르면 근육이 놀랄 수 있지!
일단 스트레칭을 살짝 해 두자.

처음부터 난이도가 높은 산에 도전하지는 않을 테니…
산에 오르기 전후에 가볍게 스트레칭을 해주는 것으로 충분해.
흡~
헙~

산에 첫발을 딛다

갔으면 일단 즐겨라! 맑은 공기로
폐 속을 씻어내고 나무와 풀과 꽃들,
산들바람과 새소리 물소리 높은 데서
내려다보이는 풍경을 즐기고 오는 거지.
햐~
스읍~
만약 불편함이 없었다면
좀더 높은 산에 도전해도 되겠지만,
혹시 조금이라도 불편함이 있었다면
그게 무엇이었는지 체크해둬!
음…
그러게…
생각해보니
몇가지 불편한
점이……

첫째, 운동화

흙길은 괜찮았는데,
돌이나 바위가 많은 곳을
다닐 때는 발이 아파!
아야!

운동화는 바닥이
부드러워서 바윗길에서는
발바닥이 아플 수밖에…
괜찮냐?
으~

히익!
삐끗
그러고 보니
경사가 심한 곳에서
발목도 몇 번 접질렀지

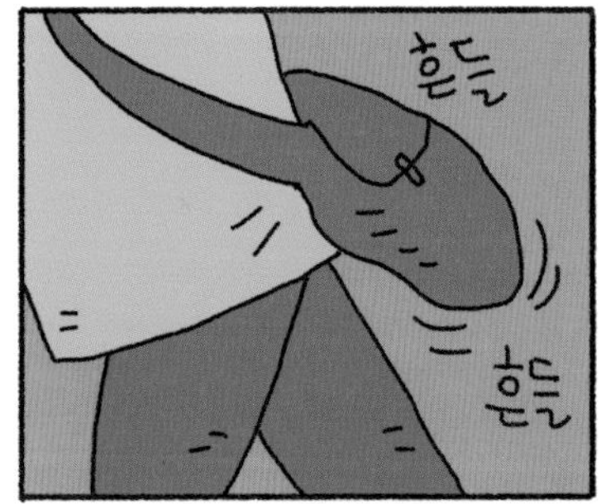

몸에 딱 붙지 않는 일반 가방은
움직임이 많은 산에서 불편해.
때로는 바위나 철 난간을 잡고
오르내려야 하기 때문에
두 손이 자유로워야 한다.
손에 드는 가방은 절대 금물!!

셋째, 복장
면티셔츠와
청바지는 영~못쓰겠더군.
땀에 젖은
티셔츠는 바람 불면
으실으실 춥고,
청바지는 무겁고
답답해!
면은 습기를 잘 빨아들이지만 마르지는 않는다.
청바지는 신축성이 떨어지고 땀에 젖으면
더 무거워져서 다리를 편하게 움직일 수 없다.

넷째, 물

휴~
좀 쉬었다
갈까!

이 놈의 물 때문에
가방이 더 무거워.
마셔버리자!

윽! 미지근해!
맛 없어~
엑~
쩝!

겨울의 경우는
망했다!
얼어서 마실 수가
없어! 라고….

등산 중 목마르지 않기 위해
토마토나 오이 같은 것을 싸오면 좋다.
먹어두라고!
나도 다음엔
싸와야 겠다.
아삭
뭐니
이 오이…
아삭
우물
완전
맛있다.

그래서…
이런 불편함을
종합해보건대…
흠…
산에 가려면
이건 사야해
배낭
등산화

티셔츠와
바지
물병

일단은
이것 먼저
사자…
등산용으로…
돈 좀
들겠군…

인터넷으로
당장 사야지!
훗!

당장……
음…
뭐가
이렇게 많아?

……
젠장
날샜다.
하~품

2부

준비해볼까?

등산의 본격적인 시작, 등산화

운동화에서 등산화로 바꿔 신는 것은 의미 있고 중요한 순간.
이제 본격적으로 산에 가겠다는 주체적이고
능동적인 의지가 드러나는 통과의례.

등산 전 준비 중 가장 중요한 것이 신발.
등산은 걷는 운동으로
발이 불편하면 걸을 수 없으니 등산도 하산도 힘들다.
등산화야말로 등산용품의 기본 중 기본.

운동화는 발에 맞아야 하고, 등산화에는 발을 맞추어야 한다.
등산화는 장비의 개념으로 보고 발을 맞춰가야 한다는 뜻.
등산화를 길들이는 것은 명마를 길들이는 것과 같다.

한번은 이탈리아의
좋은 등산화를 저렴하게
구입하여 신을 수 있었는데

…
아야~
어떤 신발에도 잘 적응하던
발이 다 까져서 걸을 수가
없을 지경이라.

그래도 아까운 마음에 버리지
못하고 다음 산행에서
한 번 더 신었는데
끙~
아까우니
한번만
더 신자!

그런데…
어라?
생각보다
괜찮은데?
왠지
발이
가볍다.
척척

그때 길이 들기 시작한 거지.
결국 히말라야까지 함께 갔다.

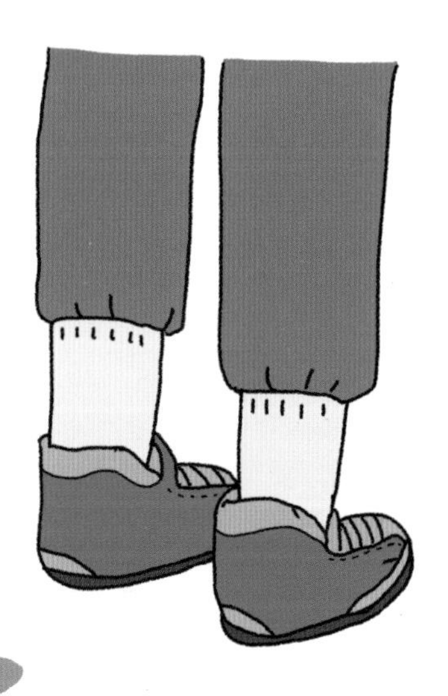

지금까지 신었던 그 어떤 등산화보다 편했어.
만약 처음에 포기하고 버렸다면 이런 편안함을
느낄 수 없었을 것이라는 생각이 든다.

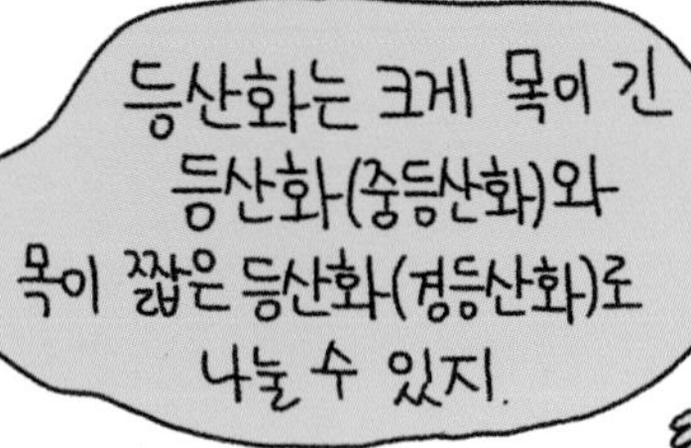

일반적인 등산에서는
발목을 잡아줄 수 있는
중등산화를 선택해야
접질릴 가능성이 낮아짐.

가벼운 등산을 원하는 사람들이
경등산화를 선호하며,
트레킹화라고 부른다.

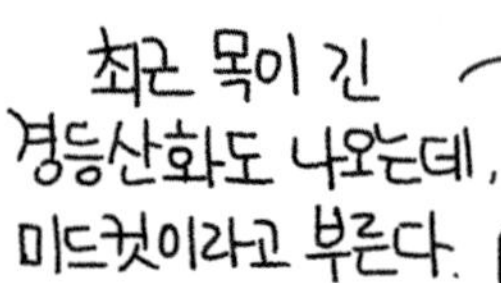

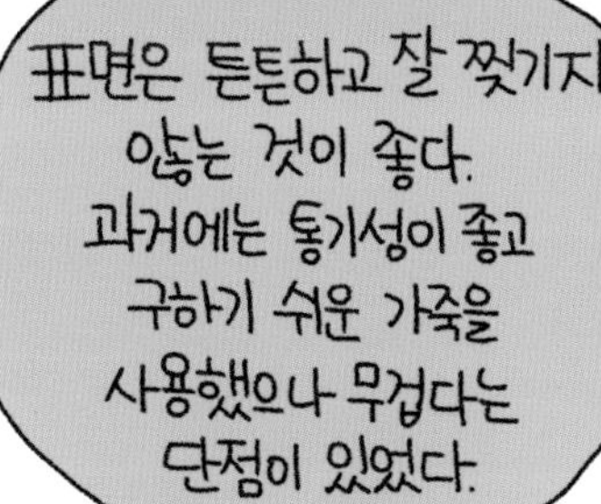

산에서는 젖은 곳을
지나거나 비와 눈을
맞을 수 있어 방수와
투습 기능이 있는
고어텍스를
많이 사용한다.

무엇보다
등산화와 운동화의
가장 큰 차이는 밑창과 표면소재.
밑창은 미끄러지지 않고
뾰족한 것에 찔리지 않는
소재로 된 것이 좋다.

최근에는 '도심 속 아웃도어'를
강조하다보니 트레킹화는
밑창을 부드럽게 하고
착용감을 좋게 만들기도 하는데
산에서는 적합하지 않은
경우가 더 많다.

등산화 사기

여름은 발목이 낮은 경등산화가 좋지만
겨울은 발목이 높은 중등산화를 선택하는 것이 좋다.
둘 다 사긴 좀 그렇고 난이도 높은 산을 갈게 아니니까 경등산화로 시작할까…

등산화는 큰 것이 꽉 끼는 것보다 나으므로
운동화보다 5mm 정도 크게 사야 한다.
일반 양말보다 두꺼운 등산양말 때문이기도 하지만,
오래 걸으므로 신발 안에 공간이 확보되어야 하기 때문이다.

구두를 살 때와 마찬가지로 오후 3~4시쯤 사면
발이 적당히 부어 있어서 발에 맞는 것을 살 수 있다.

등산화는 등산화 전문 브랜드에서 사는 것이 낫다.
지금은 대부분 종합브랜드가 되었지만, 신발 전문으로
시작한 곳에서 사면 더 좋다. 좀 더 저렴하게 사고 싶다면
상설매장과 인터넷을 이용하면 되는데, 등산 입문자의 경우
여기저기 다니면서 신어보고 감을 익히는 것이 중요하다.

등산화 관리법

등산을 마치고 내려와 등산로에 설치된
에어 스프레이로 이물질을 바로 제거해주고,
발수 스프레이 등을 뿌려서
관리해주는 것도 좋다.

신문지를 넣고 끈을 조여서 보관하면
신문지가 신발의 냄새를 잡아주며,
형태도 잘 보존된다.
등산화도 고어텍스 소재이므로
전용세제로 손세탁해주는 것이 좋고,
섬유유연제는 절대 사용하지 않는다.

중등산화는 길들여 신는 신발로, 한 번 바꾸면 다시 길들이는
과정을 거쳐야 하니 밑창을 갈아 쓰면 된다.

등산 양말

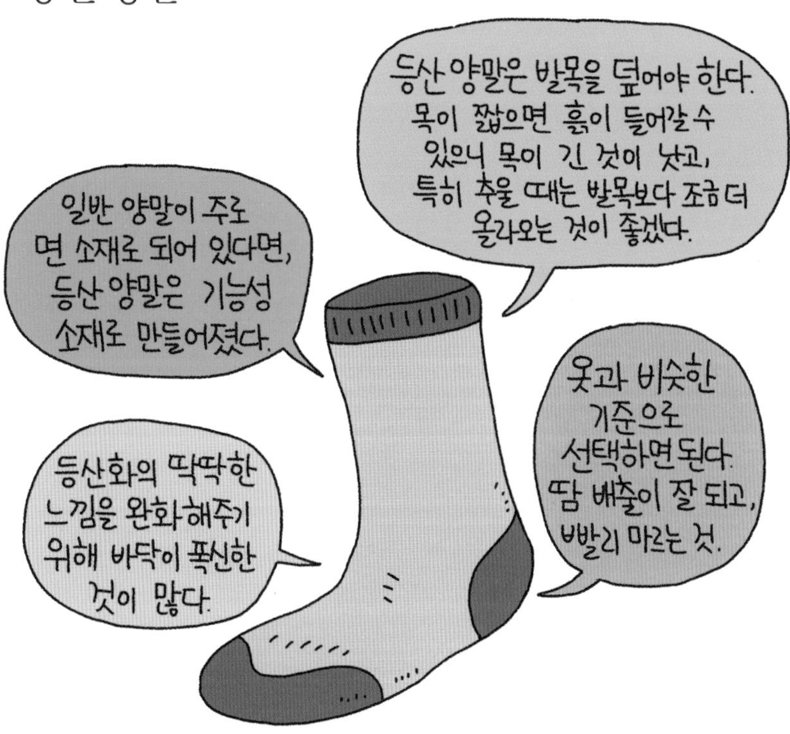

등산 양말이 없다면? 활동성은 면이 가장 좋지만,
땀을 그대로 흡수하고 있기 때문에 좋지 않다.
겨울철 울 양말은 따뜻할 뿐만 아니라 땀 배출도 면에 비해 좋다.

등산복, 꼭 입어야 하나

아저씨들은 왜 그렇게 등산복을 좋아할까?
기능성 옷인 등산복의 가장 큰 매력은 신축성.
활동이 굉장히 편하다.

게다가 최근에는 디자인도 다양해지고 있어서
이 매력에 한 번 빠지면 쉽게 벗어날 수 없다는 말씀.

등산복은 기분 내기의 문제가 아니라 안전의 문제.
양복에 구두를 신고 산에 오르는 사람도 있었는데
여러 위험에 노출되어 있다고 봐야.
주변 사람에게도 민폐.
어이쿠~
이거 좀 미끄럽네.
응!
불안
불안
미끌
위험해~
가끔 저런
사람들 있지.

등산복의 또 다른 기능은 보온성과 속건성.
즉, 몸을 따뜻하게 해주고 땀을 빨리 말려준다.
지상보다 온도가 낮고 날씨가 변화무쌍한 산에서 체온을
유지를 하는 데 큰 역할을 등산복이 하는 것.

체온을 잘 유지해주는 소재로 만들어진 옷을 입고,
더울 때는 벗고, 추워지면 다시 입는 것을 잘해야 한다.

속옷, 중간옷, 겉옷 3레이어로 나눠 입고
여름용, 봄·가을용, 겨울용 3계절로 나눠 입는다.

이 정도는 기본이죠!
등산모자 5만원
배낭 10~33만원
스카프 3만원
티셔츠 5~15만원
장갑 2.5~5.5만원
재킷 30~88만원
광고에 나오는 비싼 브랜드로 다 차려 입으면 최대 215만원이라는데? 무슨 기준으로 골라야 돼?
스틱 20~30만원
팬츠 25만원
쯧!
등산화 15~32만원

등산복은 기능성이 중요한데,
그 기능성은 소재에서 나온다.
비쌀수록 더 좋은 소재를 썼을 확률이 있지만,
그렇지 않을 수도 있으니 어떤 소재를 썼는지 확인해보자.
특수 소재로 만든 가격이 부담스럽다면 일반적인
폴리에스터나 폴리프로필렌 등
합성 섬유 함량이 높은 것을 입으면 된다.

방수보다 더 중요한 건 투습!
소재를 확인했다면 투습이 잘 되는지 확인해보자.
면은 땀을 흡수하는 성질을 가지고 있으므로
체온 유지가 중요한 등산에서는 적합한 옷이 아니다.
땀 배출 능력이 좋은지 확인하자.

기본적으로 알아두면 좋을 등산복 소재들

■ **고어텍스 Goretex**
겉옷과 신발에 주로 사용되는 얇은 비닐 같은 것으로, 방풍(바람을 막음), 방수(스며드는 물을 막음), 투습(땀을 배출) 기능이 뛰어나다.

■ **폴라텍 Polatec**
봄가을 중간 옷에 많이 사용되는 소재로 속건성(빨리 마름)과 투습성이 뛰어나지만 바람은 잘 막아주지 못한다.

■ **쉘러 Schoeller**
스위스 회사의 이름이 소재의 이름으로 불린다. 신축성이 좋고 가벼워서 바지나 재킷에 활용된다.

■ **쿨맥스 Coolmax**
면제품보다 14배나 높은 속건성 덕분에 셔츠뿐 아니라 속옷과 양말에도 쓰인다.

■ **라이크라 Lycra**
고탄성 우레탄 섬유로 원상 회복력이 우수하고 신축성도 좋아 셔츠, 바지, 장갑으로 사용된다.

■ **파워스트레치 Power Stretch**
신축성이 뛰어나며 가볍고 땀이 빨리 마르며 따뜻하다. 셔츠와 바지에 두루 쓰인다.

■ **윈드스토퍼 Wind Stopper**
플리스 소재에 얇은 바람막을 접합한 것으로 이름처럼 바람을 잘 막아주는 데다 투습성과 보온성도 좋아 겨울용 재킷과 바지에 사용한다.

■ **테프론 Teflon**
통기성과 내구성이 좋으며 부드럽고 오염이 잘 되지 않아 편리하다. 재킷과 바지에 사용한다.

■ **탁텔 Tactel**
테프론과 같은 회사의 제품으로 기능 또한 비슷하고 착용감이 좋다.

뭘 어디서 사 입어야 하나

국내외 브랜드 수십여 개.
최근에는 어느 브랜드이건 등산복 기능의 수준이 비슷하다.
요즘 나온 옷들은 일명 '도심형 아웃도어'
고가일수록 고기능이겠지만,
합리적 예산에서 자신의 취향에 맞춰 선택하자.

그나저나 어디서 사지?

매장?
인터넷?

어디서 사든 간에 일단 한번 입어보고 정해야겠다.
등산 용품 전문 아울렛
단골 되겠어…
또 와버렸다.
40% 세일

음…
앉아보고

음…
걸어도 보고

등산 입문자에게는 직접 입어보고 자신에게 맞는 옷을 찾는 것도 공부!
저 손님 한 시간째 시착중…
음…
소곤
저러고 안 사는 건 아니겠지?
소곤

이걸로 주세요!
이 정도는 기본으로 준비해두는 아이템
긴 소매 셔츠 5만원 미만
기능성 긴 바지
봄가을용 5만원 미만
겨울용 10만원 미만
고어텍스 재킷 20만원 미만
속건성 소재의 속옷
셔츠 5만원, 팬티 5만원 미만
싸게 잘 산 거 같아
뿌듯~
귀찮아서 그냥 매장에서 구입함
감사합니다. 또 오세요~

이렇게 본격적으로 준비하지 않아도
면이 아닌 트레이닝 바지 + 트레이닝 윗도리
+ 좀 더 저렴한 스포츠 브랜드 바람막이
이렇게 입는 것도 방법.
물론 높은 산을 가지 않는다는 조건으로.

티셔츠, 바지, 속옷

티셔츠는 주로 땀이 빨리 마르는
폴리텍이나 쿨맥스로 만든다.
여름에는 반팔만 입기도 하는데,
최근에 인기인 쿨 토시를 팔에
껴주면 팔이 타는 것을
막을 수 있다.

겉옷과 우모복

이게 바로 우모복
중고생 사이에서 일명 '등골브레이커'라 불리는…
오리털이나 거위털을 보온재로 사용한다.
우모의 함량이 높을수록 좋다
깃털보다 가슴털을 사용한 것이 더 따뜻하다.
추워~
자연 보호재인 오리털이나 거위털의 성능을 대체할 만한 소재가 아직은 없다.
내 털…

이것이
고어텍스 재킷
겉옷은 주로
고어텍스와
윈드스토퍼 같은
소재로
만드는데
방수와 방풍은
물론 투습성이 좋아
가격이 비싸다.
요즘은 여러
브랜드에서
비슷한 소재를
개발해
사용한다.

유명 브랜드 제품
헉! 비싸!

중저가 제품
꽤 좋아!

우모복 위에 고어텍스 재킷을 입는다.

고어텍스 위에 우모복을 입는다.

*우모복은 재킷 안에 입어야 보온효과를 발휘 할 수 있다.

물론 여름에도 겉옷이 필요하다.
산정상은 갑자기 비가 올 수도 있고,
바람에 체온이 떨어질 수 있다.
지상과 산속은 온도가 다르다는 걸 여름에도 명심해야 한다.
여름엔 다른 계절에 비해 좀 더 얇게 나오긴 한다.
잊지 말고 가져가자.

등산 중에는 부피와 무게를 줄여서 가지고 있다가
추울 때 꺼내 입어야 하므로 복원력이 우수한 제품이 좋다.

등산복 세탁법

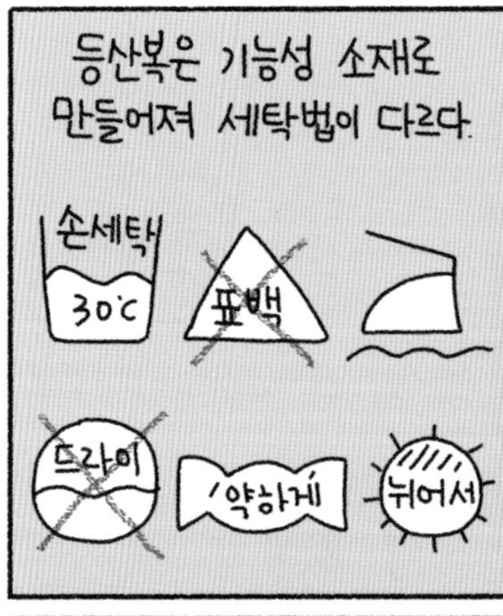

섬유유연제를 사용하면 고어텍스의
막이 풀어져 기능이 손상될 수 있으니
절대 사용해서는 안 된다.

등산배낭, 꼭 필요한가

배낭이야말로 과학적으로 만들어지는 등산장비.
필요한 물건의 휴대가 다 되면서
굴곡 있는 길을 걷는 데 불편하지 않아야 하는데,
등산용 배낭은 이런 불편을 덜어준다.
실제로 좋은 배낭은 무거운 것을 넣어도 덜 무겁게 느껴진다.
짐을 많이 넣어야 하는 장기 산행일수록 배낭이 중요하다.

배낭은 넘어졌을 때
에어백 역할을 하기도,
어이쿠
조심!
힉~
푹신

때로는 방풍과 보온 역할을 하기도 한다.
따끈
따끈

배낭 고르기

당일용 20~35L
(5~10만원)

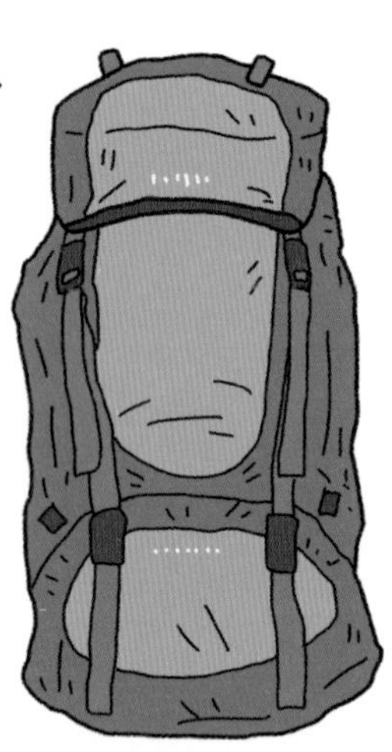

1박용 35~60L
(15만원 미만)

장기산행용 60L 이상
(20만원 미만)

1박용부터는 배낭 안에
프레임이 들어 있어
가방의 모양을 잡고
이동 중에도
형태를 유지하며
무게를 분산한다.

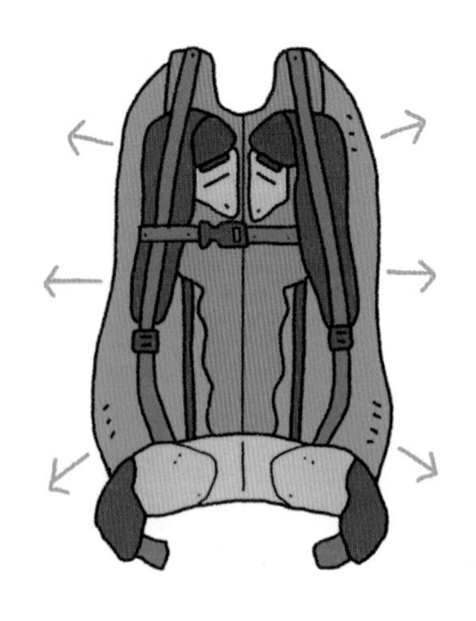

초보자는 우선 당일용만
구입하면 충분해.
요즘엔 질 좋은 배낭들이
많이 나와 있어서 품질과
기능을 꼼꼼하게 따져보고
고르지 않아도 괜찮아.
요즘 워낙
잘 나와서…
그래?

단, 등판이 너무 푹신하면 땀이 나니
좀 딱딱하고 바람 잘 통하는 메시 소재로 된 것을 고르자.
이왕이면, 방수커버가 들어 있는 걸로~
평상시
방수
커버
비 올때
유용하다.

여분의 옷을 챙겨야하므로
너무 작은 것보다 여유 있게
(여분의 옷은 적당히…)
이것도
가져갈까?
패션쇼
하냐?

가장 중요한 것은 내 몸에 맞는 배낭을 고르는 것.
배낭은 직접 메어보는 게 중요한데,
작으면 어깨끈이 어깨를 조이고…
목이 조여와
어머… 손님 그건 아동용…
음… 좀 작군…
용케 들어갔네…
이건 너무 큰가?
크면 배낭이 허리 밑으로, 허리벨트가 골반 아래로 처진다.
안돼! 가방이 너무 커! 안 맞어!

음… 메어봐도 전혀 감이 안 와.
끙~ 모르겠다.
그냥 사지 말고
인터넷으로 사더라도 매장에 가서 이것저것 메어보고 결정해!
그럴 땐 매장 직원에게 문의!

저기요…
배낭 좀 봐주세요.
네! 뭘 도와 드릴까요?
그러고 보니 저번에 등산복을 사 간 손님.
이번에는 배낭인가?

아~ 그럼 이걸로…
중대형 배낭은 등판의 사이즈가 S/M/L로 나뉘어 있습니다. 어떤 사이즈로 하시겠어요? 브랜드에 따라 등판 크기를 조정할 수 있는 것도 있습니다.

실제로 배낭을 싸보자

1박 한다면 추가할 것
텐트
(대피소에서
잔다면
텐트는
필요없다)
침낭
매트리스
음식
3분
코펠과버너

중요한데
잘 빠뜨리는 것은?

또한 산에서의 날씨 변화에 대응할…
우르릉 콰앙~

겉옷도 필요하다.
쏴~
방수 재킷

좋은 등산화라도 간혹 발이 젖는 경우가 있으니
앗!
철퍽!

여벌의 양말을 챙기는 것도 잊지 말자.
우훗
뽀송
뽀송

반대로
많이 가져갔다가
가장 많이
후회하는 것은?

1박 이상의 산행에서는
그 무게조차 부담이 될 수도 있다.
또 제대로 포장되어 있지 않으면
잘 상하는데 산에서는
마땅히 버릴 곳도 없다.
상했군…
쯧!
망할…

과거에는 침낭이 없어
이불을 싸가는
경우도 많았다고…
짊어 지고 올라오다가
무거워 죽을 뻔한 거.
잠은 제대로
자두지 않으면…
잠이
보약인데 말야.

구급약은 간단한 상황에 대응할 수 있는 것만
준비하면 되는데, 너무 고민할 것 없이
상식적인 차원의 구급약을 챙겨가면 된다.

비상 상황이라면 섣부르게 응급처치를 하기보다
우선 119에 신고부터 하는 게 상책!

요즘은 장비들이 점점 좋아져서
초보자도 어렵지 않게 배낭을 쌀 수 있다.
배낭의 모양을 잘 잡아주고 수납 구분도 편리한
디팩을 활용하자. 1박2일의 경우 디팩 4개 정도면 오케이!
디팩은 사이즈 별로 있어 자신의 가방에 맞는 것을 선택하면 된다.

가능한 한 짐은 배낭 안에 다 넣는 것이 좋다.
겉에 매달고 다니다 나무에 걸릴 수도 있고,
무게중심이 흐트러질 수도 있기
때문이다.

무거운 것을 몸통에 가깝게
두는 걸 원칙으로 한다.
튼튼한 등의 상부, 어깨 부위에
무거운 것이 밀착되는 게 편하다.
몸에서 먼 쪽(아래쪽이나 바깥쪽)에
둘수록 더 무겁게 느껴진다.
배낭이 한쪽으로 쏠리지 않도록
내용물의 중심을
잡아주는 것도 중요하다.

배낭은 내 몸에 편하게 착 붙어 있고
어느 한곳으로 무게가 쏠리지 않고
골고루 분산되어 있다는
느낌이 들 때까지 조정하면 된다.
등에 땀이 난다고 헐렁하게 메면
무게중심이 흐트러진다.

먼저 배낭을 메고
허리벨트를 채우고
길이를 조정.

다음은 어깨끈 길이를
너무 꽉 조이지는
않게 조정.

가슴벨트를 채워서
배낭을 몸에 밀착.

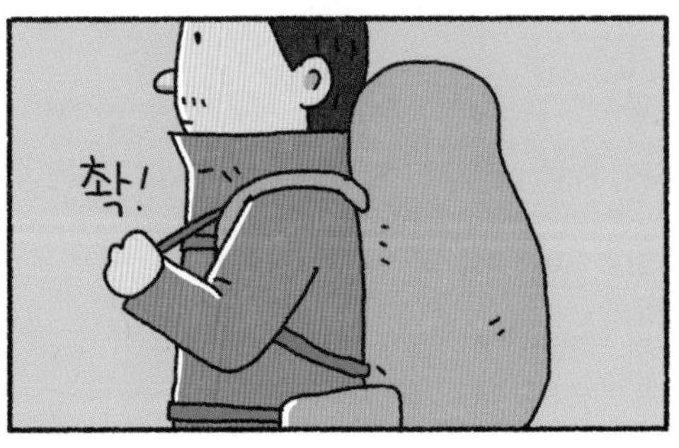

마지막으로
어깨끈에 달린
조임끈을 당겨서
배낭이 어깨부분에
착 붙도록.

먹는 것도 등산 기술

"먹는 만큼 간다"는 말이 있다.
먹는 것도 등산 기술.

등산에서는 반드시
"갈증 나기 전에 마시고, 허기지기 전에 먹을 것"
몸이 힘들기 전에 보충해주고,
갈증과 허기가 심해졌다 먹으면
허겁지겁 넘는 양 생각 못하고 먹을 수 있다.

기본메뉴

주식 탄수화물은 직접적으로 힘으로 연결되므로 체력이 떨어질 때 보충해주어야 한다.

주먹밥
김밥
도시락

빵
감자
고구마

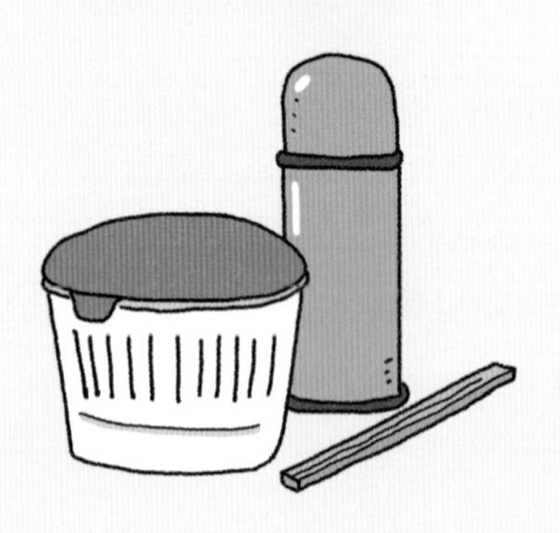

컵라면

뜨거운 물과 보온병이 있어야 한다. 그러므로 등산 고수들이 애용한다.

간식 비상식으로 열량이 높고
식사대용이 될수 있는것.

음료 수분이 많이 필요하므로 사과, 포도, 수박 같은
과일은 당일 산행에는 밀폐용기에 담아가자.

물·이온음료

탄산음료와 주스 등은
갈증을 더 일으킬뿐.

여름에 명심해야 할 것 두 가지.
더우면 입맛이 없지만,
땀을 많이 흘리므로 잘 챙겨먹어야 한다.
그런데 음식이 쉽게 상하니 주의해야 한다.
음식물 관리가 힘들 것 같으면,
여름에는 해가 기니까 차라리
산에서 내려와서 식사하는 것도 좋다.
단 간식은 반드시 가져가야 한다.

겨울에는 따뜻한 것을 먹어 몸을 따뜻하게.
고지방, 고칼로리 식품 섭취해주면 체온이 올라간다.
초콜릿 같은 당이 많은 것을 먹어주는 것이 좋다.
일반적인 음식은 얼어버릴 수 있으므로
보온통에 뜨거운 물을 담아가서 컵라면을 먹거나
물만 부으면 완성되는 인스턴트 식품 같은 것을
챙겨 가도 괜찮다.

이것만은 안 돼요

한여름의 김밥과 우유

고기 굽기

정상에서 땀을 식히며 마시는
시원한 맥주 한 캔이 행복이라면
딱 거기까지만.
하산을 앞두고 긴장이 풀려
술을 퍼마시는 것은 위험하다.
오르는 것보다 내려가는 것이
더 힘들므로 체력을
다 써버려서는 안 된다.
저걸 다 어떻게 들고 온 거야?
미치겠다…
추해…
음냐 음냐
꺽~

물은 어떻게 할까

물은 조금씩 자주, 갈증을
느끼기 전에 마시는 것이 원칙.

자신이 가는 코스에서 미리 물을 마실 수 있는 곳이
있는지 점검해보는 것도 좋다.
약수터나 절이 있다면 쉽게 구할 수 있다.
단 도심 암자에서는 구하기 힘들다.

물은 500ml 정도 들고 가되,
물을 구할 수 없는 코스라면
1000ml를 가져간다.

더 준비해야 할 것이 있을까

스틱

스틱을 쓸모없는 장비로
오해하는 사람들도 많지만
사실 정말 필요하고 전문적인,
등산에 많은 도움을 주는 장비.
스틱을 얼마나 잘 활용하는가를 보고
전문가인지 아닌지 나눌 수 있다.
초보자는 스틱 사용을
하나의 목표로 삼는 것도 좋다.
오~
프로다.

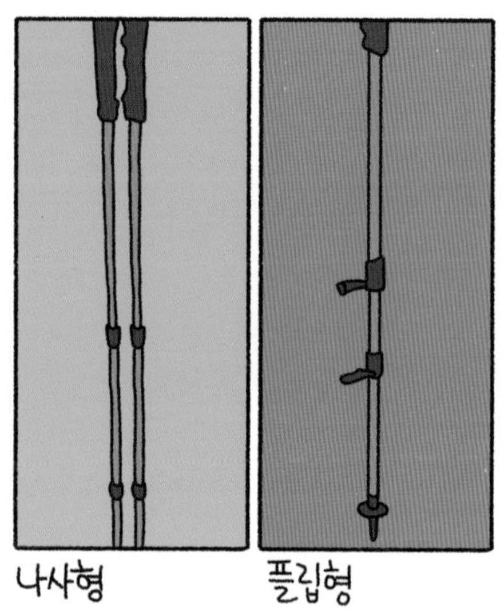

스틱은 가볍고
견고한 것일수록 좋다.
돌려서 고정하는 나사형과
카메라 삼각대 같은
플립형이 있다.

비싼 것과 싼 것의 차이는
소재와 기능인 경우가 많다.
등산 중 내 몸의 무게를 싣는 것이므로
연결 부위에 문제가 없는지
미리미리 확인해두어야 한다.
스틱은 표면이 알루미늄이나
금속성 소재로 되어 있기 때문에
마른 천으로 잘 닦아서
보관하면 된다.

모자와 장갑

모자는 여름에는 햇볕으로부터
머리를 보호해준다.
둥근 챙이 달린 모자를 써야
사방에서 쏟아지는 햇볕을 막는다.
야구모자(캡)는 옆얼굴을
가려주지 않는다.

겨울에는 따뜻한
비니를 많이 쓴다.
겨울에는 '손끝이 시리면
모자를 쓰라'는 말이 있다.
모자는 보온에 중요한 요소다.

밤송이 라든가
툭!
악
툭
꼬물
꼬물
벌레 라든가
으윽~
또한 모자를 쓰면 해충이나 해로운 것이
머리 위로 직접 떨어지는 것을 막을 수 있다.

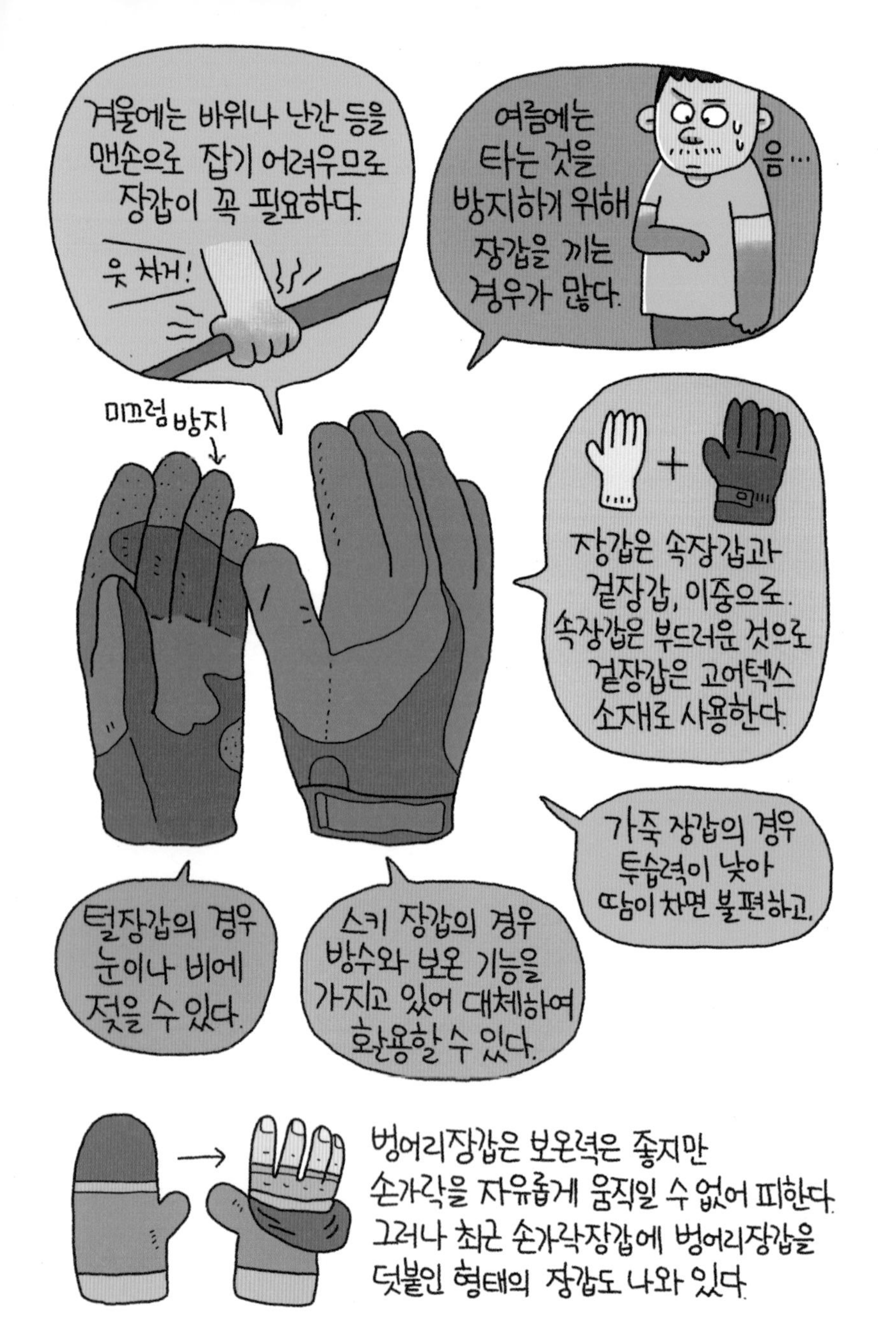

벙어리장갑은 보온력은 좋지만
손가락을 자유롭게 움직일 수 없어 피한다.
그러나 최근 손가락장갑에 벙어리장갑을
덧붙인 형태의 장갑도 나와 있다.

선크림은 자외선 차단지수가 높은 것으로.
SPF 50+ PA+++
THE BODY
PerfectOutdoor
SUN
분사형은 편리하고
칙
SUN
크림형은 좀 더 꼼꼼하게 바를 수 있으므로 취향에 따라 선택하면 된다.

주말에 어딜 갔다 온 거야?
태국? 발리?
뒷산으로 등산을 좀, 선크림을 안 바르고 갔더니 그만… 산이라 안 탈 줄 알았져.
얼마나 날이 화창하던지…

선글라스는 햇빛으로부터
눈을 보호해야 하므로
산에서뿐만 아니라
일상생활에서도 필요하다
운전할 때 유용하게 쓰고 있죠!
훗!
디자인도
중요하겠지만
투과율을 고려해서
사야 한다.
너무 튀나?
레이디 가가냐?
세상이 하얗게 보여~
특히 눈 내린 산을 갈 경우에는
설맹에 걸릴 수도 있으므로
반드시 착용해야 한다.
간혹 일반적인 등산에서
고글을 착용하는 경우가 있는데,
고글은 주로 원정용이다.

그리고 있으면 편한 것들

랜턴
산에서는
두 손이 자유로워야
하므로 헤드랜턴이
더 좋다.

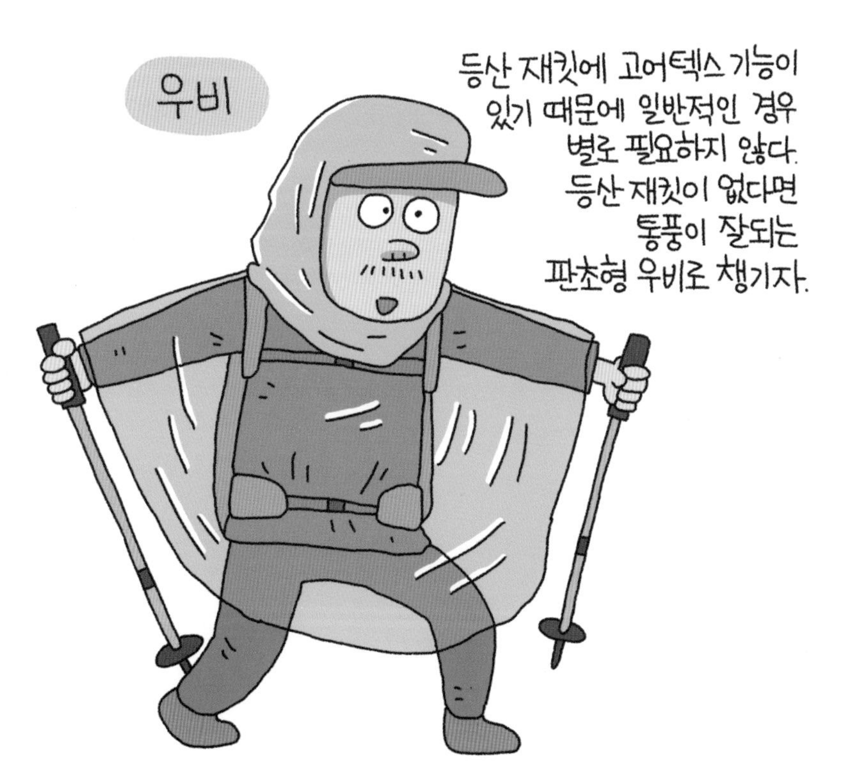

우비
등산 재킷에 고어텍스 기능이
있기 때문에 일반적인 경우
별로 필요하지 않다.
등산 재킷이 없다면
통풍이 잘되는
판초형 우비로 챙기자.

휴대용 매트

없어도 상관 없지만
있으면 정말 편하다.

반다나

큰 손수건으로
스카프 역할도 하고
수건 역할도 하며,
간혹 지도가 그려진 것도
있어 유용하다.

계절별로 필요한 것

봄/가을
멀티스카프
(추울 때는 목뿐만
아니라 머리에도
뒤집어 쓸 수 있다.)
겨울
장갑
귀마개
아이젠
비니
스패츠
여름
작은 쿨러
(꼭 필요한 것은 아니지만
음식을 상하지 않고
시원하게 보관할 수 있다)

배낭!
오케이!

신발
오케이!

속옷
오케이!

재킷
오케이!

모자 & 양말
오케이!

기타 등등
SUN
오케이!

이거 자랑하려고 나 부른거?
어제부터 저런다.
아~ 뿌듯해!
다 갖추는 데… 돈 좀 들었지. 내 카드할부…
하나하나 정성을 다해 셀렉 했어!

3부

진짜 간다!

혼자 갈까, 여럿이 갈까

혼자 등산을 간다면…

홀연히~
산은 산이요
물은 물이니~
수 많은 관계에서
벗어나는 호젓함을
즐길 수 있다.

또한 내 방식대로 산을
즐길 수도 있다.
음~
좋구나
아~
마이너스
이온!

또한 내 페이스를 유지하며
정상까지 가지 않아도 된다.
이제 그만 내려가서
밥이나 먹을까~
♪~
사진도
찍었겠다~

하지만
심심하다

어차피
인생은
고독한 거

사고가 나면
망했어!
여기가
어디야!
추워~

도움을 받을 수 없으니
우동
먹고 싶어.
집에
가고 싶어.
어흑~
배고파.
꼬르륵

주위 사람들한테 미리 알리기.
내가
가서 못
돌아오거든…
크흡
뒷 산 가는데
뭔 유언을
하고 있냐.
미친×아…

산에 가면 탐방지원센터에서
내 코스에 변동사항 없는지 정보 챙기기.

비상용 배낭에 들어가야 하는 것들 꼭 챙기기.

여럿이 등산을 간다면…

우선 초심자에게는 안심.
초보운전
휴~

그리고 무엇보다
소풍 가듯 즐겁다!
재잘
재잘

하지만 웃고 즐기다가 산의 매력을 놓치기도 쉽다.
왁자지껄
아~저기
멋진 풍경이…

단체행동이니 내 스타일을 고집할 수도 없다.
자! 이제
그만 쉬고
갈까요?
챡~
그럴까요?
난 좀 더
쉬고 싶은데…
아~
챡
챡
챡

같이 갈 만한 친구들이 없더라도
인터넷카페나 동호회에서 일정과 코스를
공지하면 따라가는 방법이 있다.
등산로
음...
따라가볼까

자!
출석부르겠습니다.

하지만 10명이 넘어가면
지루한 수학여행 같겠지.
인원체크만 하고, 줄맞춰 걷고…

여럿이 갈 때는 경험 있는 리더가 제일 중요하다.
그래야 사고가 나더라도 우왕좌왕하지 않는다.
리더는 코스를 파악하고 동행자를 인솔하는 역할.

친구끼리 가더라도
리더는 꼭 정하기.

둘이라면 능숙자가
선두에서 길을 이끌어야 한다.

더 여럿이 간다면, 선두와 말미 중 말미가 리더.
후위그룹을 잘 추슬러야 하기 때문.
10명 이하일 때 경험자는 최소 2명이
앞뒤에 서야 한다.

초보자가 산을 선택할 때 하는 실수

산마다 코스별로 걸리는 시간을 적어놓지만

그건 건강한 성인남성이 쉬지 않고 걸었을 때를 얘기하는것.

우선 첫 산행이라면 어떤 선입견을 갖지 말고
자신의 체력과 산행 능력을 점검한다고 생각해야 한다.

그저 유명한 산으로만 선택해 낭패를 볼 수도 있다.
북한산과 도봉산은 시내에 있긴 해도
정상까지 가려면 험한 편이다.

산은 악산(바위산)과 육산(흙산)으로 나누는데,

'악'자가 들어가는 산은 대체로 험하다.

또한 정보를 사전에 파악하지 않아
낭패를 보는 경우도 종종 있다.
쉬운 코스를 두고 어려운 코스를 선택하기도.
헉! 쉬운 코스도 있다고 왜 말 안 했어…
이 길 쉬워 보였는데 꽤 힘들잖아~~
학학 나 죽네~
아까 말해줬잖아! 다른 코스로 가자니까.
간단한 코스를 이제야 발견
고집만 세가지고…
후들
후들

코스를 선택하는 요령

반드시 사전에 정보를 파악하자.
오르기 쉬운 산도 어려운 코스가 있다.

내려가는 것도 고려하자.
두시간 올라가면 두시간 내려간다.
세 시간 걷고 지치는 체력이라면
두 시간 코스는 힘들 수밖에.

등산에서의 걷기

걷는 것은 가장 기본적인 등산기술이다.
일상생활에서는 평지를 걷는 수평 이동을 하지만
산에서는 경사지고 험한 곳을 수직 이동하게 되므로
요령과 연습이 필요하다.

산에서 걷는 것과 평지에서 걷는 것의 가장 큰 차이는 운동량.
휴식할 때 산소요구량을 1이라고 했을 때
9kg의 배낭을 메고 산에서 경사를 오를 때는 약 8.8,
경사를 내려올 때도 약 5.7이다.

산을 오르내리는 것은 누구나 힘들다.
중요한 것은 힘든 것을 어느 정도 참으면서 걷다보면,
그것이 체력으로 쌓인다는 것.
처음에는 10분 걷다가 쉬어야 했다면,
나중에는 15~20분으로 걸을 수 있는 시간이 늘어날 수 있다.

등산을 처음 시작하면 숨이 차고
다리에 근육통이 오기도 하는데
이를 극복하기 위해
짧은 거리부터 시작하여 긴 거리로
차츰 늘려나가는 것이 좋다.

준비운동

운동을 하기 전 준비운동을 하듯
오래 걷는 등산에도 다리 준비운동은 필수.
다리 부위를 집중적으로 풀어주어야 한다.
종아리 앞뒤, 허벅지 앞뒤를 골고루 스트레칭.

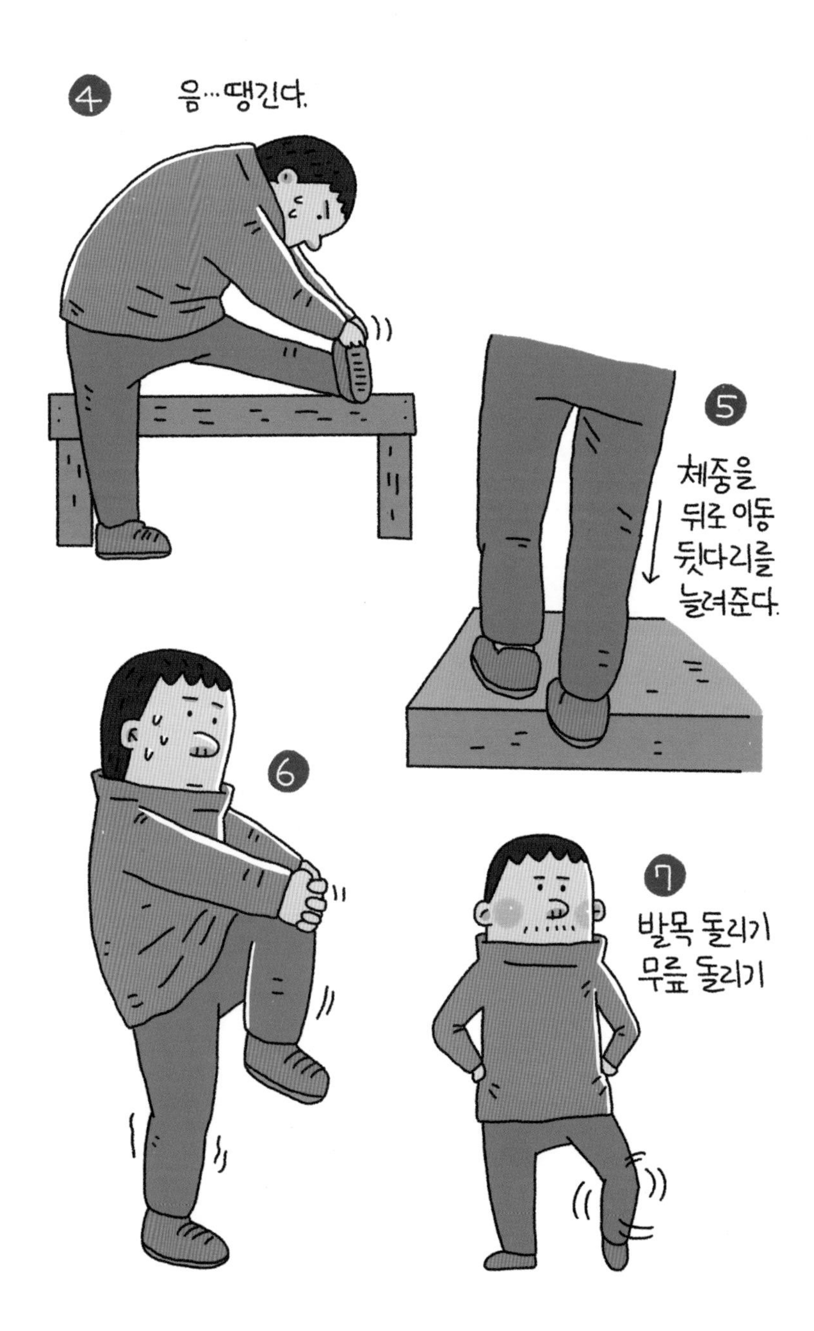
④ 음…땡긴다.
⑤ 체중을 뒤로 이동 뒷다리를 늘려준다.
⑥
⑦ 발목 돌리기 무릎 돌리기

제대로 걸어보자

산에서 뛰는 것은
절대 금물!
평지도 아니고
배낭도 메고 있으니
무릎과 관절을
다칠 수도 있다.

호흡은 자연스럽게 하되,
숨이 가쁘다고 심호흡을 자주 하면
산소를 너무 너무 많이 섭취해서
현기증이 날 수도 있다.

배낭이 무거울수록,
보폭을 줄여서
걸어야 한다.
무거운데 보폭을
넓게 하면 무게중심이
눌린 상태라 자세가
더 흐트러질 위험이
있고 체력도 달린다.

처음에는
15~20분 걷고
5분 정도 쉬다가
차츰 30분 걷고 5~10분,
나중에는 50분 걷고
10분 정도 쉬도록 하자.

보폭은
성인 기준 75cm 안팎
분당 111보가 적당하다고
하지만 너무 걷는 것에
신경 쓰면 그 또한 피곤한 일.
자세가 흐트러지지 않는
정도로 편하게 걷자.

올라갈 때

배낭을 메고 오르막길을 오를 때는
절대로 급하게 올라서는 안 된다.
보폭을 작게 하여 천천히 걷는 것이
체력을 아끼는 보행 요령.

초보자들은 오르막을 만나면
과제를 빨리 끝내려고
씩씩 거리며 서두른다.

어차피 오르막에 오르려고 산에 온건데?
요가의 힘든 동작을 하면서 느끼는 쾌감처럼
체력을 쓰며 오르는 것 자체의 쾌감을
느껴보면 어떨까.

숲에서 뿜어져나오는 피톤치드가
마음을 고요하게 하는 알파파를 생성시킨다는데,
잡다한 생각을 싹 비우는
무념무상의 시간으로 삼는 것도 좋겠다.

내려갈 때

정상에 오르면 긴장이 풀리는데,
(그래서 술 한잔 하기도)
등산으로 인한 관절 손상은
대부분 올라갈 때보다
내려갈 때 발생한다.
하산 시 무릎이나 발목 관절에
전해지는 충격은 체중의
평균 4.9배. 그래서 산행은
내려올 때의 체력을
남겨둬야 다리가 풀려
다치는 일이 없다.

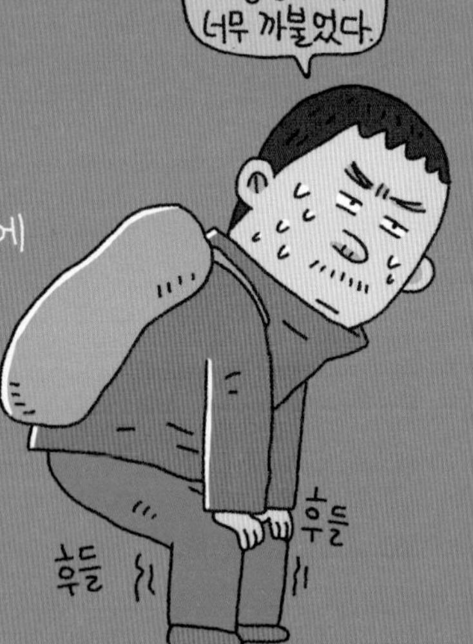

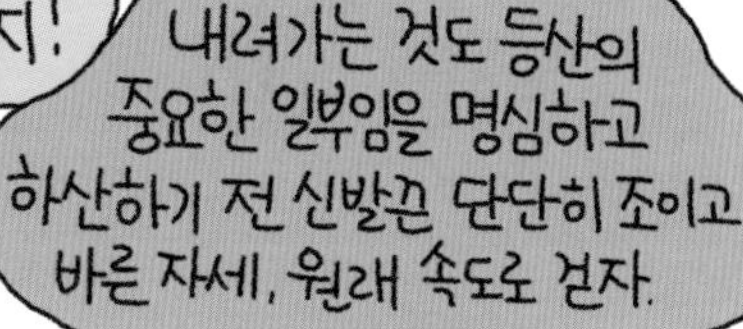

빨리 내려가 등산을 마무리하려는 사람이 많은데, 미끄러지거나 다치기 쉽고 안내판도 안 보는 경우가 많아 길을 잃을 수도 있다. 내려갈 때도 반드시 중간중간 쉬어줘야 한다.

지형에 따라 걷기

가끔 급경사를 만나 나무, 바위 모서리를 잡고 오를 때는
먼저 한번 만져보거나 흔들리는지 확인한 뒤 잡아야 한다.
썩은 나무, 푸석한 바위, 물기 있는 바위라면 사고 위험!
이럴 때를 대비해 장갑이 있어야.

경사면이 완만하게
느껴지도록 지그재그로
오르는 것도 방법.
물론 낮은 경사(25~40도)는
곧바로 오르는 게 낫다.

구불구불
이어져 고개를
넘어가는
옛길의 원리.

내리막 경사가 심한 곳에서는
무조건 앉아 버리는 사람이 있는데,
엉덩이 쓸리고 손에 하중이 가고
몸의 균형이 완전히 깨진다.
신발을 믿고 미끄러움을 무서워하지 말라.

그래도 특별히 미끄러운 곳은 대비를 해야 한다.
낙엽길은 먼저 밟아보거나 스틱이 있으면 헤집어 보고 갈 것.
눈길이라면 아이젠은 필수!

바위산을 즐기려면 리지 전용 등산화를 신는 게 원칙.
그러나 산행 중 어쩌다 만난 바위라면
정상적인 보폭을 유지하며 자세를 바르게 해서 지나가면 된다.

스틱을 이용해 걷기

스틱은 걷기를 도와주는 도구.
제대로 활용하면 속도가 빨라지고 힘도 덜 든다.
상체를 같이 사용함으로써 전신운동 효과도 있다.
내리막에서 안정성을 높여줌.

스틱 잡는 법

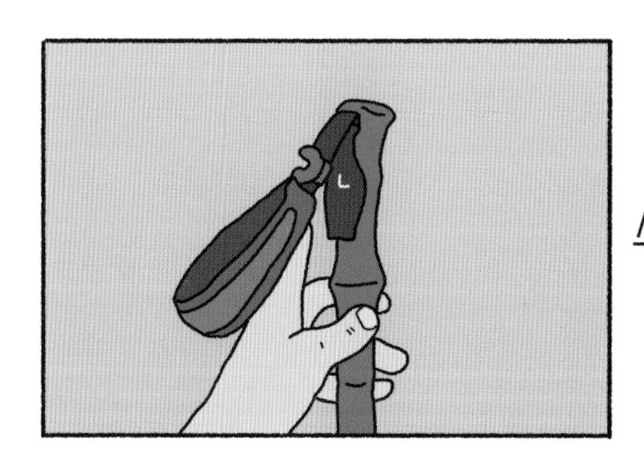

①
스틱을 바르게
세우고…

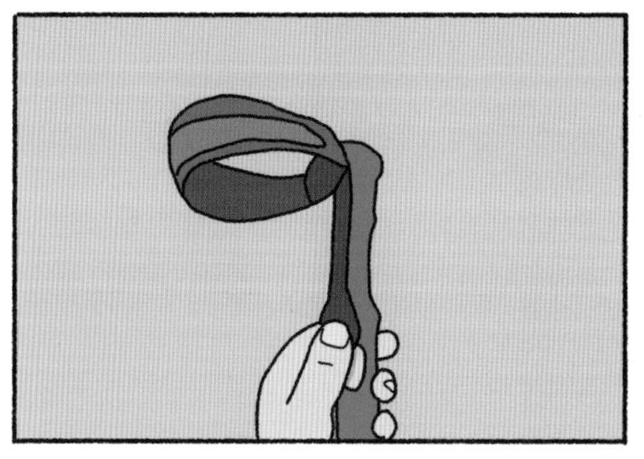

②
아래끈을 당겨
팽팽하게 만든다.

③
밑에서 손을
넣는다.

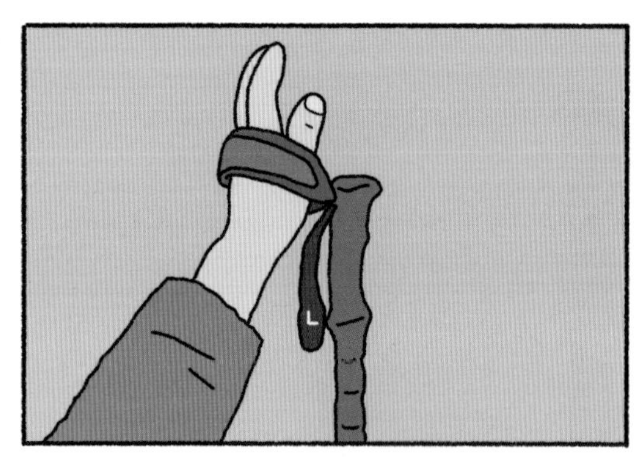

④

다섯손가락을 모두
통과시킨 뒤…

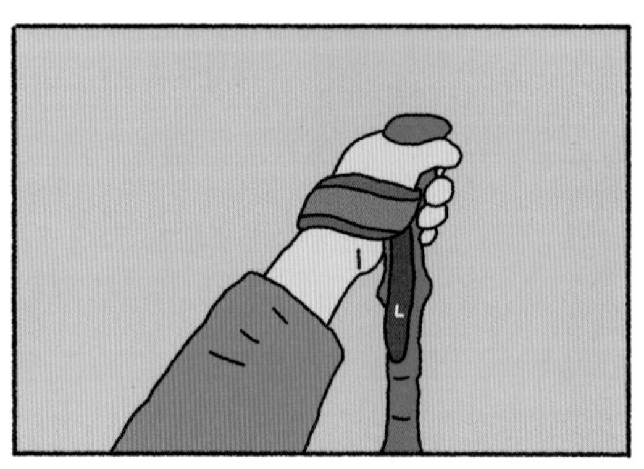

손잡이를
움켜쥔다.

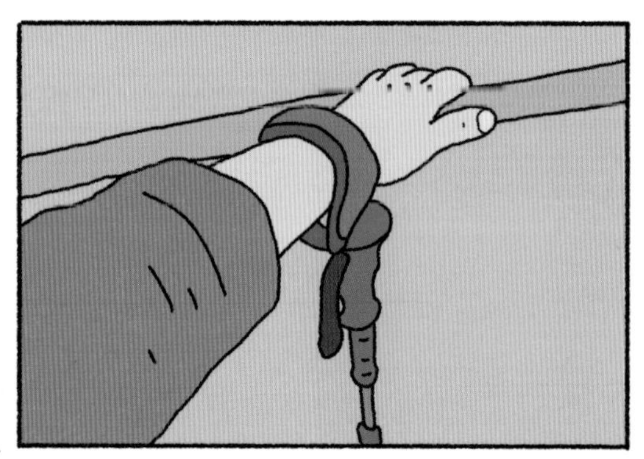

⑥

이래야 난간을
잡을 때 스틱이
자연스럽게 손목에
걸린다.

스틱의 길이는
스틱을 쥐고 옆에 세웠을 때
팔꿈치가 직각이 되도록
하는 것이 원칙.
평지에서는 자연스럽게
걸으면서 꽂아서 몸 뒤로 밀면
몸이 앞으로 나아간다.

오르막에서는
스틱을 조금 짧게.
스틱 두 개를 동시에 앞에 꽂고
스틱에 힘을 주고 오르면
힘이 팔에 분산돼
다리 힘이 덜 든다.

내리막에서는
안정성을 높여주는
고마운 스틱. 오르막이나
평지에서보다 길게 잡는다.
아래쪽으로 내리 짚고
의지한 뒤 내려오면 된다.

스틱 픽(맨끝 뾰족한 부분)의 고무마개를 꼭
안 빼고 걷는 사람들이 많은데
그건 평소 보관할 때 보호하기 위함이지
사용할 때는 반드시 빼야 한다.
단, 나무데크 위를 걸을 때는 껴도 괜찮다.

사점 (dead point)

산행 중 겪는 고통의 하나가 움직이지 못할 정도의 가쁜 호흡.
심장박동과 호흡이 빨라져 나중엔 심장이 마치 터질 것 같아진다.
이것은 운동량보다 산소와 혈액의 공급량이 부족하기 때문에
나타나는 현상. 이런 상태를 사점(死點)이라고 하며,
더 이상 운동을 할 수 없게 된다.

사점은 경력자에게도 초보자에게도 한 번씩 온다.
다만 사점에 도달하는 운동량은 사람에 따라 차이가 있어서
경력자는 좀 늦게 오면서 쉽게 지나가는 편.

사점에 가까워진다고
느껴지면
사점
와…
왔군!

걷는 속도를 늦추고
심호흡을 충분히 하고
쓰읍
심호흡
심호흡

산행을 이어가면서
사점을 넘기는 게 좋다.

이 때 너무 오랫동안
휴식을 취하면
하아~
하아~

다시 원점부터 시작,
다시 사점을 겪게 된다.
그 사람에게 산행이란
고통의 연속.
또냐?
사점
어흑!
사점
사점
사점
다음은
나!

초보자들은 자기 몸을 모르니까,
'이게 사점인가? 탈진인가?'

사점은 주로 초반부에 오는 것으로
숨이 가빠지는 상태.

탈진은 중반부가 넘어서
한마디로 기진맥진.
힘이 쭉 빠지며 땀을 쏟고
대사가 불규칙해지는 것.
탈진이 오면 무조건 쉬어야 한다.

사점은 누구나 넘어간다.
그러면 신체가 잘 적응하여
걸음이 한결 가벼워진다.
몸이 새롭게 균형을 찾아가는 것.
이러한 변화를 '세컨드 윈드'라고 한다.
빨리 세컨드 윈드가 나타나도록 해서
편하게 산행을 즐기는 게 진정한 프로.

쉬는 것도 요령

산행 중에는 한번 지치고 나면 다시 체력을 회복하기 어렵다.
따라서 몸과 마음이 지치거나 피로하기 전에
쉬어야 하는 게 원칙.
그래서 규칙적으로 쉬는 것이 좋다.

10분을 넘기지 않는다.
너무 쉬면 늘어져서 다시 페이스를 찾기 어렵다.

산행 중에 배낭을 벗지 않고 잠시 멈춰 숨을 고르거나,
서서 잠시 있거나, 이런 것들도 쉬는 것에 들어간다.
꼭 배낭 벗고 앉아 쉬는 것만 쉬는 것이 아니다.

물은 쉴 때만 마시는 게 아니라 산행 중 자주 마시는 것.
쉴 때 벌컥벌컥 마시면 배만 불러 걷기 힘들다.

……
멍~
헤

멍 때리고 있지 말고
다음 걷기 위한 준비를 해둬!
깜짝
입 좀
다물고!

온도에 맞춰서
옷 갖춰 입고!
움찔
착

열량 많은 간식으로
체력을 보강!
우적우적
초코바

등산화 끈도 다시 고쳐 묶어!
착

스트레칭
빙글
빙글

그리고, 출발!

어째…
전혀 쉰 것
같지가 않아…
응?
궁시렁~

전망 좋은 장소에 맞춰 쉬면 좋다.
물론 꼭 봐야 하는 곳이라면,
쉴 때가 아니라도 경치를 감상하길.

단, 길을 막고 쉬면 안 된다.

산행 중 지켜야 할 예절

추월할 때는 양해 구하기. 좁은 산길에서 예고 없이 추월하면, 몸이나 배낭이 부딪혀 미끄러지거나 넘어질 수 있다. 말을 하는 게 중요하다. 그래야 앞사람이 준비하고 본인도 무리하게 속도를 낼 필요 없다.

올라오는 사람에게 양보하자. 내려가는 사람보다 올라가는 사람이 페이스 조절이 힘들고 시간적으로 촉박하다.

너무 시끄럽게 다니지 말기.
일행이 많거나 분위기가
흥겨워지면 떠들게 되는데
산도 공공장소. 새소리 바람소리를
들으러 오는 사람들도 있다.

음악은
뽕짝이지~

뽕짝

야호~하는 사람은
드물어졌지만,
휴대용 플레이어로
음악을 크게 틀고
오르는 사람들은
아직 많음.

흫!
효도 MP3
뽕짝~

지도 보기

요즈음은 안내판이 잘되어 있고,
길이 다 정비가 되어 있으니 지도를 잘 안 본다.
하지만 떠나기 전에 내가 갈 코스는 대략 어디인지
지도를 보고 확인하는 것은 중요하다.
시간 계획도 세울 수 있으니
사전에 전체 지도를 보는 습관을 들이자.

가끔 큰 산에서 이정표 없이 길이 갈리는 지점이 있다.
초보자는 작게 난 길을 찾지 못하는 경우도 있다.
이렇게 헷갈릴 때는 내가 어디에 있는지,
어디로 가야하는지 알아야 한다.

이럴 때를 대비해 스마트폰의 GPS지도 앱을 미리 다운 받아놓자.
인터넷 포털에서 제공하는 지도는 코스가
자세히 나와 있지 않다. GPS 앱은 미리 사용해보고,
다운받을 지도는 미리 와이파이 되는 곳에서~

산림청이나 국립공원관리공단 등에서도
전국의 산 정보를 담은 무료 앱을 제공하니
이것저것 검색해볼 것.

국립공원 산행정보

숲에 ON

트랭글

맵팟마운틴

램블러

아무리 좋은 앱이라도 배터리가 없으면 무용지물.
보조 배터리를 들고 가서 산행 중에라도
자신의 현 위치를 짚어보고 가는 습관을 들이면
페이스 조절도 쉽고 길을 잃을 위험도 적어진다.

표지판 보기

산행 중 표지판이 나오면 꼭 눈여겨보자.
어디쯤 왔는지, 얼마나 남았는지,
앞으로 갈 코스는 어떤 길이 이어지는지 알 수 있다.
유적이 어디 있는지를 찾는 즐거움도.

보통 산길에서 2km를 한 시간으로 계산하면 얼추 비슷하다.
표지판에 나온 시간은 성인 남자 기준이고
쉬는 시간을 제외한 것.

등산 에티켓 1: 쓰레기 처리

'그곳에 우리들이 있었다는 어떤 증거도 남기지 않는다.'
산행 중에 돌탑, 깃발, 표지 말뚝 등
어떤 흔적도 남기지 않겠다는 의지로!

산길에 보이는 쓰레기는
내 것이 아니더라도 모두 가져온다.
산은 내가 계속 다시 찾을 공간인데,
지저분한 손님이 내 집에 쓰레기를 버리고 갔다고
내가 안 치울 수 없지 않은가.

냠~
음~ 달다.
오렌지

이건 그냥 버려도 되지 않겠어.
귀찮군…
음…

앗!
안돼!
바보가…
깜딱!
휙~

생각처럼 잘 썩을지도 알 수 없고 냄새가 심하게 날 수 있고 산의 생태계에 좋지 않은 영향을 미칠 수도 있다고.
죄송합니다~
썩 주워!

라면국물 버릴 생각 하지도 말아!! 다 마셔! 아님 생수병에 담아가!
혼날라고~
윽!
라면
어머나! 딱 걸렸다.

처음부터 쓰레기가
나오는 것은 가져가지 말자.
과도한 과자 포장 등은
짐이 될 뿐.
먹을 것은 내용물만
밀폐용기에 담아서.

등산 에티켓 2: 자연보호

너무 많은 사람들이 한 코스로 가니까
한국의 산에만 있는 것이 자연휴식년제.
훼손된 자연이 복원되기를 기다리는 시간이다.
잘 지켜야 그곳이 회복되고, 그래야 다시 갈 수 있다.
오래 고생한 산에게 휴식을 주자.
자연휴식년제가 시행되는 탐방로는 절대 이용하지 않는다.

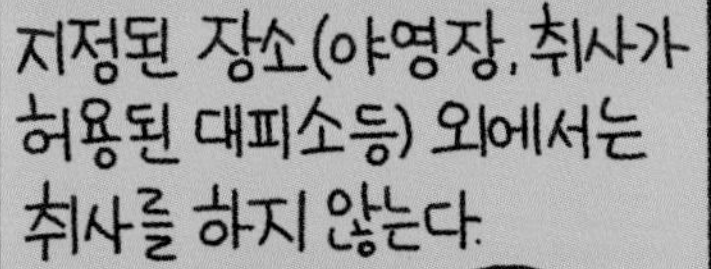

그 밖에는 어릴 때부터 배워온
상식들로 충분하다.
상식을 안 지켜서 문제지…

등산 에티켓 3: 볼일 보기

화장실 없는 산속에서 부득이하게
볼일을 봐야 한다면…
하지만 보기도 흉하고 냄새도 나고… 좋을 리 없다.

반드시 안 보이는 곳에서,
땅을 파고 묻어라.
사용한 휴지는 다시 가져올 것!

그러니 화장실이 나올 때 미리미리 이용하는 것이 제일 좋다.

보시다시피
장비도 다
장만했고.

응!
냐!

초보자용
등산 코스도
알아놨고.
착

그래?
우냐?

이렇게 몸을
풀어주고…
훕!

응!
냐!

이렇게
걷는 거지!
에티켓은
기본.
착착착

그렇지.
보폭 너무
크지 않게.
쓰레기도 다
챙겨오는 거
알지?

에효~
아~ 당장 떠날 준비
다 됐는데.
?
철푸덕
……

꽃 피고 새 울 때까지
어떻게 기다리나.
단풍들 때까진가?
쳇!
뭘 기다려?
지금 가면 되지.

뭐시라?
이 계절에?
너말야, 우리나라에
왜 사계절이
있는지 알아?
그래도
돼?
꿀꺽~

오~
그건 말이지…
계절마다 산에 가라고
존재하는 거야!
……
흫!

봄에는 봄산

여름은 여름산

가을에는 가을산

겨울에는 겨울산

아~그런 거야?
죽인다!
다 다른 멋을
느낄 수 있지
햐~

자, 그럼
당장
떠나볼까?
두근
두근

2권에서
계속됩니다.

산이 부른다 1 준비해볼까

1판1쇄 펴냄 2014년 12월 15일

글 진우석 | **그림** 이진아 | **기획** 이성민

펴낸이 김경태 | **마케팅** 박정우 | **편집** 홍경화
펴낸곳 퍼블리싱 컴퍼니 클
출판등록 2012년 1월 5일 제311-2012-02호
주소 122-842 서울시 은평구 연서로 26길 25-6
전화 070-4175-4680 | 팩스 02-354-4680 | 이메일 editor@bookkl.com

979-11-85502-14-4 04810
11-85502-16-8 (세트)

출판예정도서목록(CIP)은 서지정보유통지원시스템 홈페이지
공동목록시스템(http://www.nl.go.kr/kolisnet)에서
2014035799)

지원을 받아 제작했습니다.